Amelia Earhart

UNA AVIADORA INTRÉPIDA

McKinney

Amelia Earhart

UNA AVIADORA INTRÉPIDA

Por Francene Sabin y Joanne Mattern
Ilustrado por Karen Milone

SCHOLASTIC INC.
New York   Toronto   London   Auckland   Sydney
Mexico City   New Delhi   Hong Kong   Buenos Aires

Originally published in English as
Amelia Earhart: Adventure in the Sky

Translated by Carmen Rosa Navarro

ISBN 0-439-87998-1
Copyright © 2006 by Scholastic Inc.
Translation copyright © 2006 by Scholastic Inc.
All rights reserved. Published by Scholastic Inc.
SCHOLASTIC, Scholastic en español and associated logos are trademarks and/or registered trademarks of Scholastic Inc.

12 11 10 9 8 7 6 5 4 3 2   12 13 14 15 16 17/0

Printed in the U.S.A.

First Spanish printing, September 2006

CONTENIDO

CAPÍTULO 1:

¡Marimachos!

A principios del siglo XX, se suponía que las niñas debían comportarse bien todo el tiempo. Les decían que debían ser pulcras, que su ropa siempre tenía que estar limpia y que debían permanecer quietas cuando estaban sentadas. Además, debían caminar despacio y hablar cortésmente en voz baja. Tenían que comportarse como señoritas.

Se suponía que las niñas no debían trepar árboles ni jugar a la pelota ni ensuciarse la ropa. Tampoco debían usar martillos, clavos ni sierras. No debían pescar ni atrapar ranas ni lanzar bolas de nieve. Todas esas actividades que eran tan

divertidas para los niños, no se consideraban apropiadas para las niñas.

La mayoría de las niñas obedecía las normas. A las pocas que no lo hacían, sus padres las castigaban o sus amigas las rechazaban, pero algunas niñas, como Amelia y Muriel Earhart, tenían suerte. A sus padres les parecía que esas normas eran anticuadas y absurdas y que, tanto los niños como las niñas, tenían que hacer mucho ejercicio para crecer fuertes y saludables.

Para Amelia, que nació el 24 de julio de 1897, la vida fue divertida desde el principio. Nació en Atchison, Kansas, en la casa de sus abuelos. Su padre viajaba mucho como agente de ventas del ferrocarril y su madre lo acompañaba con

frecuencia. Por esa razón, Amelia y su hermana Muriel pasaron gran parte de su infancia con sus abuelos. Amelia era una niña inteligente, delgada y atlética. Le encantaba estar activa desde la mañana hasta la noche. A su hermana Muriel, dos años menor que ella, también le gustaban los juegos bruscos y bulliciosos. Amelia y Muriel eran muy buenas amigas y no les importaba que las demás niñas se rieran de ellas en la calle. Les respondían riéndose a su vez y seguían su camino.

Amelia y Muriel habían heredado la chispa de su madre, Amy Otis Earhart, una mujer independiente y de carácter fuerte.

—Muchas personas pasan demasiado tiempo preocupándose por lo que no pueden hacer —les decía a sus hijas— y, sobre todo, por lo que otros no deberían hacer. Eso es una pérdida de tiempo terrible. Ustedes, niñas, hagan lo que les parezca bien. Papá y yo las apoyaremos siempre.

Edwin Earhart compartía las ideas de su esposa. Quería que Amelia y Muriel tuvieran libertad para aprender cualquier cosa. Una vez trajo a casa una pelota de baloncesto, un bate y una pelota de béisbol. Esa misma tarde, quitó la base de una canasta de duraznos y la clavó en la pared del establo. Luego improvisó una pequeña cancha de béisbol detrás de la casa.

Por la mañana, el Sr. Earhart les enseñó a las niñas a lanzar la pelota a la canasta. Después del almuerzo, la Sra. Earhart se unió a ellos para jugar un partido de béisbol. Cada jugador tenía un turno para batear mientras otro lanzaba la

pelota y los otros dos permanecían en el terreno de juego.

Unos días después, las niñas estaban sentadas en los peldaños del porche de su casa. De pronto, Amelia exclamó:

—¡Necesitamos más gente para jugar béisbol!

—Pero no tenemos suficientes jugadores —le recordó Muriel—. Mamá ha ido a la casa de la Sra. Germain para leerle libros y papá no regresará hasta el fin de semana. El béisbol no es divertido con solo dos personas.

Amelia asintió con tristeza, pero de pronto se le iluminó el rostro.

—¡Tengo una gran idea! —exclamó—. ¿Recuerdas a esas cuatro chicas que viven en la casa amarilla, a la vuelta de la esquina? Están sentadas todo el tiempo en la mecedora de su porche, sin hacer nada. Te apuesto a que les encantaría jugar béisbol. ¡Vamos a buscarlas!

Muriel se levantó de un salto, aplaudiendo la idea.

—¡Vamos ahora mismo!

Las niñas dieron la vuelta a la esquina como flechas. Las cuatro hermanas Taylor, Beth, Lydia, Lisa y Caroline, estaban sentadas en fila en la mecedora, pero no por mucho tiempo. Unos minutos después, corrían por el terreno de béisbol de los Earhart, resbalando en el suelo, limpiándose el sudor de la cara con las manos sucias. Gritaban a pleno pulmón: "¡Dale a la pelota, Beth!", "¡Corre, Lydia, corre!", "¡Estás eliminada! ¡Estás eliminada!", "¡No, no estoy eliminada!".

La gente que pasaba por ahí se reía al ver a las seis niñas jugando béisbol. Algunos incluso se detenían para mirar el partido. Era todo un espectáculo, hasta que llegó la Sra. Taylor. Se horrorizó al ver a sus cuatro "damitas" jugando como chicos. Con una voz de hielo, les ordenó que regresaran a la casa inmediatamente.

Después de la cena, la Sra. Earhart recibió la visita de varias madres del vecindario, encabezadas por la Sra. Taylor. Le dijeron que debía hacer algo por Amelia antes de que convirtiera a todas las niñas en marimachos. Que era una verdadera vergüenza, que si Amelia seguía así, no permitirían que sus hijas jugaran con ella ni con Muriel.

—Siento mucho que estén tan disgustadas —les dijo la Sra. Earhart—, pero no quiero que mis hijas cambien en absoluto.

A los padres de Amelia no les importaba que sus

hijas hicieran bulla y jugaran bruscamente, pero sus abuelos eran más estrictos. Frecuentemente, les decían a Amelia y a Muriel que sus juegos eran demasiado bruscos. Un día, la abuela Otis regañó a Amelia por saltar sobre una verja. Según la abuela, ese comportamiento no era propio de una señorita, pero a Amelia no le importó porque quería divertirse y estar activa.

CAPÍTULO 2:
Juegos peligrosos

El juez Otis y su esposa, Amelia, en cuyo honor habían bautizado a Amelia, estaban encantados de vivir con sus nietas. Tenían una casa de ladrillo y madera de dos pisos con bastante espacio para niños. A los Otis les gustaba escuchar la bulla de los juegos y las risas que echaban de menos desde que sus hijos crecieron.

Amelia y Muriel tenían dos compañeras de juegos: sus primas Kathryn y Lucy Challis, que vivían en la casa de al lado. Tenían más o menos la misma edad que las Earhart y también les gustaba correr y jugar. Las primas admiraban el espíritu aventurero de Amelia. Una de ellas escribió posteriormente: "Yo admiraba su destreza y su inteligencia, sus conocimientos me inspiraban respeto, me encantaba su imaginación y la quería por ser como era". Amelia y Muriel vivían en un hogar lleno de cariño con sus abuelos que las cuidaban y las atendían. ¡Y había tantas cosas interesantes que hacer!

Amelia tenía mucha energía y no le tenía miedo a nada. En la primera Navidad que pasó en Kansas, pidió un trineo, pero no quería un trineo anticuado para niñas, con gruesos patines de madera y un asiento en la parte de atrás.

—Quiero el tipo de trineo que usan los chicos —dijo Amelia—, el tipo de trineo que los chicos llaman "azota-barrigas", con patines de metal y con una barra como volante en la parte delantera.

Ese fue exactamente el trineo que encontró debajo del árbol la mañana del 25 de diciembre de 1905.

Amelia esperó con ansias que cayera la primera nevada y, por fin, cayó. Fue una verdadera tormenta de nieve. Al día siguiente, Amelia, Muriel y sus primas corrieron a la colina donde

los niños del pueblo se deslizaban en sus trineos. Tan pronto como llegaron, Amelia preguntó quién quería deslizarse primero por la pendiente nevada. Ninguna de las tres niñas contestó. No tenían apuro.

—¡Muy bien, me deslizaré yo! —dijo Amelia.

Corrió para cobrar impulso, se lanzó sobre el trineo y partió.

Amelia descendió en el trineo ganando velocidad en cada segundo. Estaba encantada de sentir el aire helado contra su rostro y ver la silueta borrosa de las casas y los árboles al pasar zumbando. ¡Era casi como si estuviera volando!

De pronto, vio que algo se movía al pie de la colina. Era un coche grande tirado por un caballo. El cochero, que llevaba orejeras y un gorro de lana, no vio ni oyó que Amelia se dirigía hacia él, y era demasiado tarde para que la niña pudiera detenerse. Fue un momento aterrador. Si el trineo se hubiera estrellado contra el coche o contra el caballo, Amelia se habría lastimado, incluso podía haber muerto, pero ella no perdió la calma. Calculó perfectamente y se

deslizó justo entre las patas del caballo, y llegó sana y salva al otro lado del camino.

La intrepidez de Amelia también se manifestaba de otras maneras. El verano siguiente, después de un viaje a una feria del condado, regresó a casa entusiasmada con la montaña rusa.

—¡Me encantaría subir a la montaña rusa todos los días! ¿A ti no? —le preguntó a Muriel.

Muriel dijo que sería espléndido y lo mismo opinaron sus primas Kathryn y Lucy.

—Podríamos escaparnos para trabajar en la feria —dijo Kathryn—. Así, podríamos subir a la montaña rusa las veces que quisiéramos.

—¡Qué tontería! —dijo Lucy—. Nadie contrataría a cuatro chicas. Además, nos gusta vivir aquí.

—Bueno, entonces tendremos que esperar hasta el próximo año a que vuelva la feria —dijo Muriel suspirando.

—No, no tenemos que esperar —dijo Amelia elevando la voz—. Vamos a construir nuestra propia montaña rusa. Sacaremos unas tablas del cobertizo de leña del abuelo para hacer un carril. Después, sacaremos las ruedas de los patines de Muriel y las clavaremos a una tabla cuadrada. Ese será el asiento.

Y siguió hablando mientras corría al cobertizo, con sus trenzas doradas al viento.

Las cuatro niñas trabajaron durante una semana, midiendo, aserruchando y clavando desde el amanecer hasta el anochecer. Por fin, terminaron. Apoyaron el carril contra el cobertizo. Luego, Amelia trepó al techo y Muriel le alcanzó la tabla con las ruedas de los patines.

—¡Allá voy! —gritó Amelia. Se sentó en la tabla y empujó.

—¡Ayyyyyy! —chilló un instante después al estrellarse contra el suelo, tabla y todo—. ¡Qué dolor!

—¡Rayos! Supongo que ahí termina nuestra montaña rusa —dijo Lucy.

—¡No! —respondió Amelia—. Lo que pasa es que hicimos un carril muy corto. Si lo hacemos más largo, la pendiente no será tan escarpada. No me voy a rendir ahora.

—Ni yo tampoco —dijo Muriel para apoyar a su hermana, y agarró unos clavos y un martillo.

Unos días después, la nueva montaña rusa, ya mejorada, estaba lista para ponerla a prueba. Por supuesto, Amelia era la que tenía más ganas de probarla. Esta vez fue todo un éxito.

—Estoy volando —gritó.

—Ahora me toca a mí —dijo Kathryn.

—¡No, a mí! —dijo Lucy.

—Todas podemos deslizarnos muchas veces —dijo Amelia.

Y efectivamente, así fue hasta que los abuelos las descubrieron y las obligaron a desmontar su montaña rusa.

A Amelia y a Muriel les encantaba jugar, pero no era fácil moverse con el tipo de ropa que usaban las niñas a principios del siglo XX. En esa época, las niñas llevaban vestidos largos y pesados que les llegaban hasta los tobillos. Generalmente usaban faldas muy anchas y calzones largos. Con toda esa ropa, no era fácil correr ni saltar, pero la mamá de Amelia vestía a sus hijas de forma diferente. Les compró trajes de gimnasia con pantalones anchos y blusas sencillas de un material resistente para que no se

rompieran fácilmente y de color azul oscuro para que la suciedad no se notara tan rápidamente. Con sus nuevos trajes de gimnasia, Amelia y Muriel podían hacer casi todo: trepar cercas, montar a caballo, jugar al fútbol, béisbol y baloncesto. La abuela Otis se quejaba diciendo que esos juegos bruscos no eran apropiados para niñas.

—Lo más fatigoso que hice en mi vida cuando era niña —decía ella— fue hacer rodar un aro en la plaza pública.

Los Earhart no estaban de acuerdo.

—Se aprende mucho cuando se hacen cosas poco comunes —decía la Sra. Earhart.

Las veces que el Sr. Earhart estaba en casa, se iba con Amelia y con Muriel a pescar, las llevaba a volar cometas o hacían excursiones para atrapar sapos, arañas y mariposas. Una vez, les permitió quedarse levantadas toda la noche para ver un eclipse de luna. Además, las llevaba en sus viajes de tren por el oeste del país.

—Cuando ven lugares nuevos y conocen a gente diferente, las chicas aprenden tanto como cuando van a la escuela —solía afirmar.

CAPÍTULO 3:
El primer aeroplano
de Amelia

Amelia tenía seis años y estaba lista para asistir a la escuela. Eso la entusiasmaba mucho. Como era muy inteligente, había aprendido a leer por su cuenta y tenías muchas ganas de estar en la escuela para "aprender de verdad".

Amelia asistió a una escuela primaria de Atchison llamada College Preparatory School. Era muy buena alumna y aprendía rápidamente, pero como siempre, hacía las cosas a su manera. Eso a veces le ocasionaba problemas con las maestras.

Una de sus materias preferidas era la aritmética.

Siempre respondía correctamente en las pruebas de aritmética, pero la maestra le quitaba puntos una y otra vez porque Amelia no indicaba cómo obtenía los resultados.

—Si anotaras todos los pasos de tus operaciones —solía decirle la maestra—, sacarías una A en todas las pruebas. Incluso podrías ganar el premio de aritmética al final del año.

Amelia sencillamente no tenía paciencia para anotar todos los pasos. Le parecía una pérdida de tiempo.

—Que alguna otra estudiante gane el premio —solía decir.

Sin embargo, cuando creció, recordaba lo "tonta y testaruda" que era. "Aunque parezca absurdo —dijo— probablemente volvería a hacer todo de la misma manera si volviera a la escuela".

Cuando Amelia terminó el quinto grado en junio de 1908, se mudó con su hermana a Des Moines, Iowa, para vivir con sus padres. Edwin Earhart había conseguido allí un nuevo trabajo en la oficina del ferrocarril. Ya no viajaría tanto. El Sr. y la Sra. Earhart deseaban vivir con sus hijas todo el año. A Amelia y a Muriel les daba pena dejar a sus abuelos, a sus primas y a sus amigas de Kansas, pero también deseaban vivir con sus padres.

Durante su primer año en Des Moines, cuando tenía once años, Amelia fue con su familia a la feria del estado de Iowa. Allí ocurrió algo maravilloso en su vida. Amelia vio un aeroplano por primera vez. Tenía dos alas, una sobre la otra, y una gran hélice de madera. El piloto se sentaba entre las alas, frente a un motor pequeño. El avión no era gran cosa, estaba hecho con unas cuantas piezas de madera y lona, unidas con alambre. El aeroplano no le causó una gran impresión a Amelia. "Era un objeto de madera y alambre corroído sin mayor atractivo —escribió posteriormente—. Yo estaba mucho más interesada en un sombrero hecho de una canasta de duraznos que me acababa de comprar por quince centavos".

Amelia se interesó mucho más cuando vio lo que el aeroplano podía hacer.

El piloto se puso unas gafas grandes e hizo una señal para que su amigo moviera la hélice. Instantes después, el motor empezó a funcionar y el avión se movió. Recorrió lentamente el campo cubierto de césped y luego se elevó por el aire. El corazón de Amelia se elevó con él. Era un 24 de julio. Amelia cumplía once años y ¡ese fue el mejor regalo que le podían haber hecho!

Hoy en día, los niños ven aeroplanos todo el tiempo y muchos de ellos han viajado en avión, pero en 1908, una máquina voladora era un objeto verdaderamente inusitado. Hacía solo cinco años que los hermanos Wright habían volado en un avión por primera vez en la historia. La gente todavía no sabía qué hacer con el nuevo invento, excepto exhibirlo en ferias y otros acontecimientos, pero a Amelia no le interesaba eso. Para ella, volar era lo más hermoso del mundo.

CAPÍTULO 4:

Días de soledad

Amelia no volvió a ver otro avión durante unos cuantos años y tampoco pensaba mucho en volar. Seguía siendo una buena alumna en la escuela. Le encantaba leer y pasaba varias horas en la biblioteca. Le interesaba toda clase de libros: novelas, relatos de aventuras, biografías de personajes importantes, libros de ciencias, geografía, historia y arte.

Amelia quería aprender de todo y, por eso, decidió leer todos los libros de la biblioteca local. Empezó por uno de los estantes y se propuso leer todos los libros que había de un extremo al otro.

Naturalmente, nunca cumplió su propósito. Había muchas otras cosas que hacer, por ejemplo, jugar tenis, montar a caballo, nadar y practicar otros deportes. Además, tenía que aprender todo esto por su cuenta porque en esa época a las niñas no les enseñaban a competir en deportes.

Durante toda su vida, Amelia lamentó no haber sido la atleta excelente que le hubiera gustado ser. "Cualquier tipo de ejercicio me causaba un placer inmenso —afirmaba—. Quizás lo habría hecho mejor si hubiera aprendido atletismo como es debido, pero no podía conseguir a nadie que me enseñara. Por eso, jugaba como podía y adquirí muchos malos hábitos".

En la actualidad, admiramos a las mujeres atletas, pero a principios de siglo no era así. Amelia, alta, delgada y siempre dispuesta a competir, era demasiado diferente para ser popular entre sus compañeras. La respetaban por su inteligencia y su destreza, pero muchas veces no la invitaban a las fiestas ni a los bailes.

A Amelia le gustaba agradar a sus compañeras de escuela, pero no si para ello tenía que fingir lo que no era. No se desmayaba, ni gritaba cuando veía un ratón y no quería simular que estaba asustada. No se sentía cómoda con vestidos llenos de adornos. Las labores no le parecían tan interesantes como la astronomía.

—Para bien o para mal —le dijo a Muriel—, soy como soy y siempre seré así.

Amelia tuvo otros problemas durante la escuela secundaria. A su padre no le gustaba trabajar en una oficina. Se aburría y echaba de menos los días en que podía viajar por todo el país. El Sr. Earhart no tardó en perder su trabajo en Des Moines y durante los años siguientes tuvo muchos tipos de empleo. La familia se mudó a Kansas City, Missouri. Luego a Chicago, Illinois, y a St. Paul, Minnesota. Amelia estuvo en seis escuelas secundarias distintas. Después de unos cuantos meses, tenía que dejar todo lo que le era familiar y empezar una nueva vida en otro lugar.

Le resultaba difícil mudarse de un lugar a otro, pero trataba de ver el lado bueno de la situación. Posteriormente, dijo que mudarse de un lugar a otro la había ayudado a adaptarse rápidamente a situaciones nuevas. Con todo, le resultaba difícil hacer nuevas amigas porque no sabía cuánto tiempo permanecería en el mismo lugar.

Durante los años que pasó en la escuela secundaria, Amelia continuó siendo una niña solitaria. Cuando se graduó, la inscripción que había debajo de su fotografía en el anuario de su clase decía: "Amelia Earhart, la muchacha solitaria de marrón". Era el precio que tenía que pagar por ser diferente, pero Amelia sabía que valía la pena.

CAPÍTULO 5:
Años de guerra

Cuando terminó la escuela secundaria, Amelia fue a un colegio preparatorio cerca de Filadelfia. En esa época, su hermana Muriel asistía a una escuela de Toronto, Canadá. En diciembre de 1917, durante las vacaciones de Navidad, Amelia viajó a Toronto a visitar a su hermana. Allí vio a muchos soldados canadienses heridos en la Primera Guerra Mundial.

—Tengo que hacer algo para ayudar —le dijo Amelia a su hermana.

Sin embargo, su madre insistía en que Amelia regresara al colegio y eso le causaba gran tristeza.

"No soporto la idea de regresar al colegio y ser tan inútil", le escribió a su madre. Finalmente, su familia le permitió dejar el colegio para cuidar a los soldados heridos. En febrero, Amelia regresó a Canadá para trabajar como asistente de enfermera en un hospital militar. Los pacientes le tomaron cariño inmediatamente. Todas las características que antes la habían convertido en una persona solitaria, su independencia, su disposición para hacer cualquier tipo de trabajo, su intrepidez y su forma directa de hablar a la gente, contribuían ahora a que Amelia triunfara.

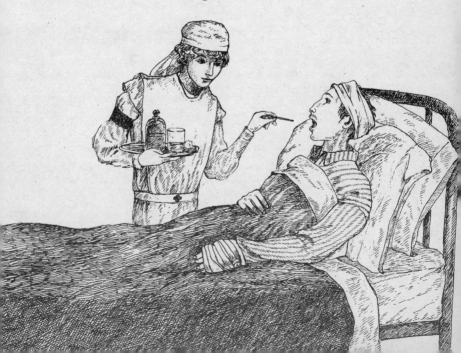

Amelia hacía muchas cosas en el hospital. Trabajaba en la cocina, donde hacía todo lo posible para que las comidas insípidas fueran más atractivas y sabrosas. Fregaba los pisos y lavaba las charolas. Tocaba piano para entretener a los pacientes. Sobre todo, charlaba con los pacientes, muchos de los cuales eran hombres jóvenes que estaban muy atemorizados y echaban de menos sus hogares. La personalidad vivaz y la sonrisa alegre de Amelia hacía que todos se sintieran mejor.

CAPÍTULO 6:
Soñar con volar

En uno de sus días libres, Amelia, que en esa época tenía 22 años, fue a un aeropuerto cercano con una amiga. Habían pasado muchos años desde que vio volar un aeroplano y lo que vio ese día la llenó de emoción. Los nuevos aeroplanos estaban mejor construidos, volaban más velozmente y más lejos. Los pilotos hacían una serie de acrobacias con sus aviones: se lanzaban en picada, hacían piruetas y daban varias vueltas.

Uno de los pilotos decidió gastarles una broma a Amelia y a su amiga. Se lanzó en picada directamente hacia las dos jóvenes. La amiga huyó

aterrada gritando, pero Amelia se quedó quieta. Estaba fascinada al ver que el avión se acercaba velozmente hacia ellas. Posteriormente escribió: "Creo que ese pequeño aeroplano rojo me dijo algo cuando pasó silbando junto a mí. En ese momento decidí que un día volaría en una de esas máquinas".

El piloto aterrizó sin problemas, pero Amelia aún estaba estupefacta. "Tengo que aprender a volar —se prometió a sí misma—. ¡Tengo que hacerlo!"

Amelia cumplió su promesa dos años después. En 1920, fue a visitar a sus padres que vivían en Los Ángeles, California, y tuvo la oportunidad de asistir a un espectáculo de acrobacia en el aire. Allí conoció a Frank Hawks, un piloto que accedió a llevarla a dar una vuelta en avión. Incluso le permitió manejar los controles durante unos minutos. Ese vuelo fue tal como Amelia había soñado.

Para pagar por las lecciones para aprender a manejar aviones, Amelia empezó a trabajar en una compañía de teléfonos. Trabajaba durante la semana y pasaba los sábados y los domingos en el aeropuerto. Su instructora era Neta Snook, una de las primeras aviadoras de Estados Unidos. "Snookie" era una profesora exigente e insistía en que Amelia aprendiera todo lo relacionado con los aviones y el arte de volar. A su alumna, que estaba deseosa de aprender, Neta le enseñó a desarmar la máquina, a lubricarla y a volverla a armar. Solo así le permitió volar.

Amelia también aprendió a leer el panel de instrumentos y a volar con mal tiempo, a la luz

del día y en la oscuridad. Además, aprendió a hacer varias acrobacias en el aire. Neta Snook no le enseñaba a Amelia esas acrobacias por pura diversión, sino porque eran necesarias para ponerse a salvo en una emergencia. Amelia escribió posteriormente: "Solo cuando un piloto se recobra después de perder velocidad bruscamente, sabe exactamente lo que significan estas maniobras".

Después de hacer todo eso y de haber cumplido muchas horas de vuelo, estuvo lista para volar sola. Su primer vuelo fue perfecto a pesar de un aterrizaje un poco brusco. ¡Por fin, era aviadora!

CAPÍTULO 7:
Amelia en el aire

Lo único que Amelia quería era volar. En 1922, obtuvo su licencia de aviadora. Ese mismo año, cuando tenía veinticinco años, Amelia compró su primer aeroplano y consiguió un empleo en una compañía aérea. Su trabajo consistía en mostrar el funcionamiento de los aeroplanos a posibles compradores.

En sus momentos libres, Amelia seguía volando. Participó en muchos espectáculos aéreos y batió muchas marcas.

En los años siguientes, Amelia Earhart se convirtió en la aviadora más famosa. Estableció

numerosas marcas de velocidad y altura. Fue la primera mujer piloto que atravesó en solitario el océano Atlántico en avión. Recibió muchas distinciones, medallas y condecoraciones de países de todo el mundo.

Amelia fue la primera persona en realizar un vuelo en solitario desde Hawái hasta California, desde California hasta la Ciudad de México y desde México hasta Newark, Nueva Jersey. Sirvió de inspiración para que muchas personas se dedicaran a volar. Como escritora y conferencista, ganó millones de amigos para la aviación, pero se sentía más feliz cuando estaba volando.

Amelia Earhart ganó mucho dinero, tuvo mucho éxito y se volvió famosa. En 1913, se casó con George Putnam, fue muy feliz en su matrimonio y se realizó plenamente. Con todo, todavía quería alcanzar una meta especial. Quería ser la primera persona en circunvalar el globo en avión, alrededor del Ecuador. Entonces, sí podría afirmar que era la primera persona del mundo en realizar el vuelo más largo de la historia.

CAPÍTULO 8:
Una aventura peligrosa

La mañana del 1 de junio de 1937, Amelia y el piloto Fred Noonan partieron de Miami, Florida, para cubrir el primer tramo de su vuelo alrededor del mundo. Desde allí, volaron hacia el sur a Puerto Rico y luego a Sudamérica. Después, se dirigieron al este sobrevolando el Atlántico del Sur, hasta África.

Todo el mundo estaba fascinado por este vuelo audaz. Amelia llevaba un diario y enviaba sus notas al periódico Herald Tribune de la ciudad de Nueva York. Ese y otros periódicos publicaban sus relatos para que millones de personas pudieran seguir el viaje.

Amelia escribía sobre sus vuelos y los lugares que visitaba. Describió la belleza de los paisajes naturales. Las nubes bajas le parecían "túnicas que envolvían los hombros de las montañas" y describió las corrientes del océano como "serpientes verdes y relucientes".

Amelia y Fred llegaron el 7 de junio a la costa occidental de África. Una semana después, llegaron a la India, y luego se dirigieron a Birmania (hoy Myanmar), a Tailandia, a Singapur, a

Australia y a Nueva Guinea. Todo marchaba bien, pero la parte más peligrosa del viaje estaba por empezar.

Su avión recorrió con éxito 22.000 millas hasta el 2 de julio. Ese día Amelia despegó de Nueva Guinea, situada en el Pacífico del Sur. Iba a empezar el tramo más largo sin escalas, 2.556 millas, hasta Howland, otra isla del Pacífico. Como la isla de Howland era muy pequeña, Amelia y Fred sabían que no sería fácil encontrarla en el enorme océano.

Amelia y Fred nunca llegaron a la isla de Howland. Su avión desapareció en alguna parte del vasto océano Pacífico. Durante varias semanas, se tuvo la esperanza de que Amelia Earhart y Fred Noonan estuvieran vivos, flotando en una balsa salvavidas en alguna parte del mar. Se enviaron aviones y barcos para buscarlos, pero no encontraron el menor rastro del avión ni de su tripulación.

CAPÍTULO 9:
Amelia vive

En el curso de los años, mucha gente hizo toda clase de conjeturas sobre lo que le sucedió a la heroica aviadora. Algunos afirmaban que sobrevivió y se fue a vivir a una isla pequeña. Otros dijeron que unos soldados japoneses la habían capturado en una isla que usaban como base militar, pero nunca hubo ninguna prueba de estas ni de otras afirmaciones.

Hoy, la mayoría de la gente cree que el avión de Amelia se estrelló en el océano y que tanto ella como Frank murieron instantáneamente. Cualquiera que haya sido la suerte que corrió, el legado de su espíritu y su coraje se mantienen vivos. El recuerdo de Amelia Earhart como destacada pionera de la aviación de Estados Unidos sigue vivo.

ÍNDICE